हिन्द पॉकेट बुक्स

शहीदों के अमर गीत

तेजपाल सिंह धामा हिन्दी साहित्यकार एवं सामाजिक कार्यकर्ता हैं। *हमारी विरासत* (शोध-ग्रंथ) इनकी प्रसिद्ध रचना है। इन्होंने हैदराबाद से प्रकाशित *दैनिक स्वतंत्र वार्ता* एवं दिल्ली से प्रकाशित *दैनिक विराट वैभव* एवं *दैनिक वीर अर्जुन* के संपादक विभागों में दशकों तक कार्य किया। उत्तर प्रदेश के बागपत जिले के खेकड़ा शहर में जन्मे तेजपाल सिंह धामा मुख्यतः इतिहास पर लिखने वाले साहित्यकार हैं, जिनकी इतिहास से सम्बन्धित अनेक पुस्तकें छप चुकी हैं। इन्हें अनेक साहित्यिक एवं सामाजिक पुरस्कार प्राप्त हो चुके हैं। शहीदों पर लिखने के कारण इन्हें 2017 में संस्कृति मंत्रालय भारत सरकार ने 'संस्कृति मनीषी' पुरस्कार से सम्मानित किया है। इनके बहुचर्चित उपन्यास *अग्नि की लपटें* पर ही भंसाली प्रोडक्शन की विवादास्पद फिल्म *पद्मावत* का निर्माण हुआ है। इन्होंने कई फिल्मों की पटकथाएँ भी लिखी हैं।

लेखक की अन्य पुस्तकें

- हमारे राष्ट्रीय खेल
- हमारा राष्ट्रीय पुष्प कमल
- हमारा राष्ट्रीय पक्षी मोर
- हमारा राष्ट्रीय गीत
- हमारी राष्ट्रीय संस्कृति वैदिक
- हमारा राष्ट्रीय फल आम
- हमारा राष्ट्रीय चिह्न अशोक चक्र
- हमारा राष्ट्रीय वृक्ष बरगद
- हमारी राष्ट्रीय जलचर डॉल्फिन
- हमारी राष्ट्रीय नदी गंगा
- हमारा राष्ट्रीय ग्रंथ गीता
- हमारे राष्ट्रीय पर्व और दिवस
- हमारे राष्ट्रीय स्मारक
- हमारा राष्ट्रीय ध्वज तिरंगा
- हमारे राष्ट्रीय विरासत स्थल
- हमारी राजभाषा हिन्दी
- हमारे नेशनल पार्क
- लोकप्रिय बाल गीत
- हमारे देशभक्ति गीत
- हमारे राष्ट्रीय गीत
- महाभारत की कहानियाँ
- पुराणों की कहानियाँ
- रामायण की कहानियाँ
- बेताल पचीसी, दो भागों में
- महापुरुषों का बचपन
- महाराणा प्रताप
- बहादुर बेटी मलाला

सुरुचिपूर्ण एवं प्रेरणादायक गीत व जानकारियाँ

शहीदों के अमर गीत

तेजपाल सिंह धामा

हिन्द पॉकेट बुक्स
पेंगुइन रैंडम हाउस इम्प्रिंट

हिन्द पॉकेट बुक्स

यूएसए | कनाडा | यूके | आयरलैंड | ऑस्ट्रेलिया | सिंगापुर
न्यू ज़ीलैंड | भारत | दक्षिण अफ्रीका | चीन

हिन्द पॉकेट बुक्स, पेंगुइन रैंडम हाउस ग्रुप ऑफ़ कम्पनीज़ का हिस्सा है,
जिसका पता global.penguinrandomhouse.com पर मिलेगा

पेंगुइन रैंडम हाउस इंडिया प्रा. लि.,
चौथी मंजिल, कैपिटल टावर -1, एम जी रोड,
गुड़गांव 122 002, हरियाणा, भारत

पेंगुइन
रैंडम हाउस
इंडिया

प्रथम हिन्दी संस्करण हिन्द पॉकेट बुक्स द्वारा 2014 में प्रकाशित
यह हिन्दी संस्करण हिन्द पॉकेट बुक्स में पेंगुइन रैंडम हाउस द्वारा 2021 में प्रकाशित

10 9 8 7 6 5 4 3 2

इस पुस्तक में व्यक्त विचार लेखक के अपने हैं, जिनका यथासंभव तथ्यात्मक सत्यापन किया गया है, और इस संबंध में प्रकाशक एवं सहयोगी प्रकाशक किसी भी रूप में उत्तरदायी नहीं हैं।

ISBN 9789353491345

मुद्रकः रेप्रो इंडिया लिमिटेड

www.penguin.co.in

FSC
www.fsc.org
MIX
Paper from responsible sources
FSC® C047271

This is a legitimate digitally printed version of the book and therefore might not have certain extra finishing on the cover.

रचना स्रोत

भारत महिमा

यह गीत दीनदयाल शर्मा ने लिखा है। दीनदयाल मुख्यतः बच्चों के लिए ही लिखते हैं। इनका जन्म 15 जुलाई 1956 को राजस्थान के जसाना गांव में हुआ। हिन्दी और राजस्थानी भाषाओं में शिशु-कविता और बाल-काव्य के क्षेत्र में यह जाना-पहचाना नाम है।

ये है प्यारा देश हमारा हम इसकी संतान हैं

ये है प्यारा देश हमारा
हम इसकी संतान हैं
सब धर्मों के लोग यहाँ हैं
हम इस पर कुर्बान हैं

जय जवान बोल, जय किसान बोल
जय जवान बोल, जय किसान बोल

राजगुरु सुखदेव भगतसिंह
सच्ची इनकी शान हैं
खतरों से ना डरे कभी ये
निडरता पहचान है

जय जवान बोल, जय किसान बोल
जय जवान बोल, जय किसान बोल

अन्न उपजाएँ खुशियाँ लाएँ
हम भारत की आन हैं
मेहनत से न डरने वाले
हम मजदूर किसान हैं

जय जवान बोल, जय किसान बोल
जय जवान बोल, जय किसान बोल

दीनदयाल शर्मा का यह गीत एक सीरियल में आया था, जो छोटे बच्चों में काफी लोकप्रिय हुआ।

रचनाकार

राजेंद्र कृष्ण

गीतकार राजेंद्र कृष्ण का जन्म 6 जून 1919 को लाहौर में हुआ। वे बाद में शिमला आ गए और उसके बाद मुंबई उनका आखिरी ठिकाना रहा। मुंबई में आकर उन्होंने हिन्दी फिल्मों के लिए एक से बढ़कर एक यादगार गीतों की रचना की।

सुनो सुनो ऐ दुनिया वालो बापू की ये अमर कहानी

सुनो सुनो ऐ दुनिया वालो बापू की ये अमर कहानी
वह बापू जो पूज्य हैं इतना जितना गंगा मां का पानी
सुनो सुनो ऐ दुनिया वालो बापू की ये अमर कहानी

पोरबन्दर गुजरात देश में एक ऋषि ने जन्म लिया
मात-पिता ने मोहनदास करम चंद गाँधी नाम दिया
बचपन खेल कूद में गुजरा लन्दन जाकर विद्या पाई
बैरिस्टर बन अफ्रीका में जाकर अपनी धाक जमाई
लेकिन जो प्राणी दुनिया में अमर कहाने आते हैं
वो कब माया मोह में फंस कर अपना समय गंवाते हैं
सुनो सुनो ऐ दुनिया वालो बापू की ये अमर कहानी

अफ्रीका में हिन्दी जन की बड़ी दुर्दशा पाई
गोरे राज से टक्कर लेकर सत्य की ज्योत जलाई
फिर भारत की सेवा करने अपने देश में आया
साबरमती में सत्याग्रह का आश्रम आन बनाया
और खिलाफत कान्फ्रेंस में सभापति का दर्जा पाया
इस्लामी अधिकार की रक्षा में भी हाथ बटाया
हिन्दू मुस्लिम दोनों उसकी आँखों के तारे थे
दुनिया के सारे ही मजहब बापू को प्यारे थे
सुनो सुनो ऐ दुनिया वालो बापू की ये अमर कहानी

भारत कौमी कांग्रेस की ऐसी धूम मचाई
कौमी झण्डे के नीचे फिर जनता दौड़ी आई

यह गीत 'बापू की अमर कहानी' फिल्म से है। हुस्न लाल एवं भगत राम के संगीत से सजे इस गीत को मोहम्मद रफी ने गाया है। यह गीत नौसाद अली द्वारा भी संगीतबद्ध किया गया है।

खादी का प्रचार किया फिर घर घर खादी आई
और विदेशी माल की होली गाँधी ने जलवाई
चर्खे की आवाज जो गूँजी, हुईं मशीनें ठण्डी
और शान से लहराई, भारत की तिरंगी झंडी

सुनो सुनो ऐ दुनिया वालो बापू की ये अमर कहानी
वह बापू जो पूज्य है इतना जितना गंगा मां का पानी
सुनो सुनो ऐ दुनिया वालो बापू की ये अमर कहानी
सुनो सुनो ऐ दुनिया वालो बापू की ये अमर कहानी

फिर पूर्ण स्वराज का नारा जा लाहौर पुकारा
आजादी का वीर सिपाही कभी न हिम्मत हारा
फिर डांडी पर जाकर अपने हाथों नमक बनाया
सारे देश को सत्याग्रह का सुन्दर सबक पढ़ाया
भारत वासी जपते थे फिर गाँधी नाम की माला
चालीस करोड़ दिलों पे छाया एक लंगोटी वाला
सुनो सुनो ऐ दुनिया वालो बापू की ये अमर कहानी

सच्चाई का अटल पुजारी जिसने कभी न हिम्मत हारी
सरकारी कानून तोड़ कर दुनिया के आराम छोड़ कर
देश के खातिर जेल गया और अपने सुख पर खेल गया
सुनो सुनो ऐ दुनिया वालो बापू की ये अमर कहानी

रचनाकार

राजेंद्र कृष्ण

'दुनिया झुकती है' फिल्म आयी थी सन् 1960 में और इसमें मुख्य कलाकार थे सुनिल दत्त, कुमकुम और श्यामा। हेमन्त कुमार का संगीत था और गीतकार थे राजेन्द्र कृष्ण। वैसे सच कहा जाए तो गीतकार राजेन्द्र कृष्ण को फिल्म इंडस्ट्री ने वो सम्मान नहीं दिया जितने के वो हकदार थे।

हरिजनों का मान बढ़ाने की खातिर व्रत रखा
गाँधी ने दुनिया के आगे एक नया मत रखा
ग्राम ग्राम में हरिजनों की हालत देखी भाली
हरिजन नाम से हरि सेवक ने इक अखबार निकाली
कांग्रेस की बागडोर फिर वीर जवाहर को दे कर
शुरू किया बापू ने अपना ग्राम सुधार का चक्कर
सुनो सुनो ऐ दुनिया वालो बापू की ये अमर कहानी

एक नई आवाज जो आई शुरू हुई एक नई लड़ाई
गूँजा फिर बापू का नारा छोड़ो हिन्दुस्तान हमारा
छोड़ो हिन्दुस्तान हमारा

हेमन्त कुमार और राजेन्द्र कृष्ण का साथ फिल्म संगीत के लिए बड़ा जबरदस्त साथ रहा। नागिन, मिस् मैरी, चम्पाकली, लगन, पायल, दुर्गेश-नन्दिनी और भी न जाने कितनी ऐसी फिल्में थीं जिनमें इन दोनों ने साथ साथ काम किया और हमें दिए एक से एक नायाब नग्में।

रचनाकार
राजेंद्र कृष्ण

इसमें कोई दोराय नहीं है कि राजेंद्र कृष्ण ने कई दशकों तक फिल्मों में अनगिनत हिट गीत दिये हैं। लेकिन बावजूद इसके जब भी कभी सुनहरे दौर के गीतकारों का नाम लिया जाता है, तो उनका नाम साहिर, शैलेन्द्र, हसरत, शकील जैसे नामों के तले दब कर रह जाता है।

फिर आई इक जेल यात्रा जेलों से कब डरता था वो
आजादी का परवाना था आजादी पर मरता था वो

सुनो सुनो ऐ दुनिया वालो बापू की ये अमर कहानी
वह बापू जो पूज्य है इतना जितना गंगा मां का पानी
सुनो सुनो ऐ दुनिया वालो बापू की ये अमर कहानी
सुनो सुनो ऐ दुनिया वालो बापू की ये अमर कहानी

जेल के अन्दर होनी ने फिर अपना तीर चलाया
बापू जी की अर्द्धांग्नी का अन्त बुलावा आया
जेल के अन्दर खामोशी से देवी जी की चिता जलाई
जनता अपनी माँ के अन्तिम दर्शन भी करने ना पाई
सुनो सुनो ऐ दुनिया वालो बापू की ये अमर कहानी

हिन्दू मुस्लिम के सीनों में फिर भड़की नफरत की ज्वाला
जिसको देख के दुखी हुआ कुरान और गीता का मतवाला
नवाखली में खून की होली हैवानों ने खेली
दया की मूरत बापू से ये पीड़ा गई न झेली
तन पे लंगोटी हाथ मे डण्डा होंठों पे थी प्रेम की बानी
नगर-नगर पैदल फिरता था अस्सी साल का बूढ़ा प्राणी
सुनो सुनो ऐ दुनिया वालो बापू की ये अमर कहानी

सन सैंतालीस 15 अगस्त को आजादी का दिन जब आया
अपने देश में अपना झण्डा धूम-धाम से लहराया
लेकिन उस दिन प्यारा बापू भारत का उजियारा बापू
दूर दिल्ली से नवाखली में कमजोरी की रखवाली में
अपनी जान लड़ाये था और अपना आप छुपाए था
सुनो सुनो ऐ दुनिया वालो बापू की ये अमर कहानी

कलकत्ते में फिर व्रत रखा हिन्दू-मुस्लिम को समझाने
बापू का यह चमत्कार था समझ गए दोनों दीवाने
कलकत्ते से दिल्ली आ कर उस नगरी का मान बढ़ाया
साँझ सवेरे राम नाम का बिरला घर में दीया जलाया
रघुपति राघव राजा राम ईश्वर अल्लाह तेरे नाम
बापू का आधार यही था बापू का प्रचार यही था

राजेन्द्रजी ने अपने फिल्मी सफर में लगभग 300 फिल्मों में गीत लिखे और इनमें से करीब 200 फिल्मों में उन्हीं का स्क्रीनप्ले भी था। 1988 में उनके निधन के बाद एच.एम.वी ने उनके सम्मान में चुनिंदा गीतों का एक एल.पी. रिकार्ड जारी किया था।

रचनाकार

राजेंद्र कृष्ण

राजेन्द्र कृष्ण को फिल्म इंडस्ट्री ने थोड़ा सा अंडर-रेट किया है। हो सकता है कि उनकी जो घोड़ों की रेस में बाजी लगाने की आदत थी, वो उनके लिए नकारात्मक रूप से काम करता रहा हो! कहा जाता है कि एक बार उन्होंने 46 लाख रूपए का जैक-पाट जीता भी था।

सुनो सुनो ऐ दुनिया वालो बापू की ये अमर कहानी
वह बापू जो पूज्य है इतना जितना गंगा मां का पानी
सुनो सुनो ऐ दुनिया वालो बापू की ये अमर कहानी
सुनो सुनो ऐ दुनिया वालो बापू की ये अमर कहानी
वह बापू जो पूज्य है इतना जितना गंगा मां का पानी
सुनो सुनो ऐ दुनिया वालो बापू की ये अमर कहानी

तीस जनवरी शाम को बापू बिरला घर से बाहर आये
प्रार्थना स्थान की जानिब धीरे-धीरे कदम बढ़ाये
लेकिन उस दिन होनी अपना रूप बदल कर आई
और अहिंसा के सीने पर हिंसा ने गोली बरसाई
बापू ने कहा राम-राम और जग से किया किनारा
राम के मन्दिर में जा पहुँचा श्रीराम का प्यारा
जाओ बापू जाओ बापू रहेगा नाम तुम्हारा
जब तक चमकें चाँद सितारे चमके काम तुम्हारा
बापू तुम ने प्राण दिये और मौत की शान बढ़ाई
तुम ने आपना खून दिया और प्रेम की ज्योत जलाई

जय बापू की जय गाँधी की बोलो सब जन जय गाँधी
जिस ने हिन्दू मुस्लिम में इक डोर प्यार की बाँधी
याद रहे बापू की कहानी भूल न इसको जाएँ हम
बापू ने जो दीया जलाया उसकी ज्योत बढ़ाएं हम

जय बापू की जय गाँधी की बोलो सब जन जय गाँधी
जय बापू की जय गाँधी की बोलो सब जन जय गाँधी
जय गाँधी जय गाँधी जय गाँधी जय गाँधी
सुनो सुनो ऐ दुनिया वालो बापू की ये अमर कहानी

महात्मा गांधी की स्तुति में लिखा गया यह गीत अत्यंत लोकप्रिय है। भारत में एक दौर ऐसा भी आया था, जब गांधी जी को भगवान विष्णु का अवतार समझा जाने लगा था।

रचनाकार

राजेंद्र कृष्ण

राजेन्द्र कृष्ण तमिल भाषा के भी अच्छे जानकार थे। इसलिए मद्रास की नामचीन कंपनी एवीएम के वे पहली पसंद बन गए, और एवीएम के साथ साथ और भी कई तमिल फिल्म कंपनियों के साथ जुड़ गए। उस समय इन कंपनियों की लगभग सभी फिल्मों की पटकथा के अलावा इन फिल्मों में उन्होंने गीत भी लिखे।

तब होता है जाकर पैदा एक जवाहर लाल

करती है फरियाद यह धरती कई हजारों साल
तब होता है जाकर पैदा एक जवाहर लाल
गंगा जमुना के संगम पर चमकी एक मशाल
बहुत नहीं उस दिन को हुए हैं अभी 74 साल
धन्य है वह मां की गोद में जिसकी खेला ऐसा लाल
जिसकी अमृतवाणी सुनकर दुनिया हुई निहाल
पिता हो मोती पुत्र जवाहर ऐसी एक मिसाल
दे न सकेगा दुनिया का इतिहास करोड़ों साल
बचपन में तो राजकुमारों जैसे थे आराम
लेकिन आई जवानी लेकर एक नया पैगाम
कहा जवानी ने उठ बदल भारत की तकदीर
कब तक पड़ी रहेगी मां के पांव में जंजीर
सुनकर गांधी जी के मुख से आजादी का नारा

कूद पड़ा मैदान में भारत का यह राजदुलारा
महलों से निकला बनकर शहजादा एक सिपाही
ढूंढ़ने आजादी की मंजिल आजादी का राही
जुल्म को एक तपस्या समझा जेल को तीर्थ जाना
हर आफत में सबसे पहले अपना सीना ताना
तब तक देश का वीर सिपाही जरा हिम्मत न हारा
जब तक आजादी की नैया को मिला न किनारा
बापू रूठ गए जब हमसे बढ़ गई जिम्मेदारी
देख रही थी नेहरू जी को देश की जनता सारी
देश को कितना आगे लाया देश का सच्चा लाल
देंगे गवाही आजादी के पिछले 17 साल
मैं न कहूंगा आज भी है भारत में उसका नूर
देख लो गंगा की लहरों में उसकी है मुस्कान
जमुना के हलचल में उसके खेल रहे हैं प्राण
भारत की सरहद पर बैठा भारत का रखवाला
देख रहा है चढ़ते-चढ़ते भारत का सब हाल, करता है...

यह गीत 'एक जवाहरलाल' फिल्म का है। रवि के संगीत से सजे इस गीत को मोहम्मद रफी ने गाया है।

रचना स्रोत

गंगा की बेटी

इंदिरा जी के बलिदान के बाद 'जब तक सूरज चांद रहेगा, इंदिरा जी तेरा नाम रहेगा' यह नारा देशभर में गूंज उठा था। इसी नारे को भोजपुरी फिल्म में गाने के रूप में ढाल दिया गया।

भारत की इज्जत पर तूने प्राणों की आहुति दी है

भारत की इज्जत पर तूने प्राणों की आहुति दी है
अधियारी रातों में हमको जीवन की इक ज्योति दी है
तूने अपना जीवन देकर मानवता की मांग भरी है
तूने अपना खून बहाकर हर नारी की लाज रखी है
प्राणों की आहुति दी है जीवन ज्योति दी है
जब तक सूरज चांद रहेगा इन्दिराजी तेरा नाम रहेगा
नाम रहेगा—नाम रहेगा, जब तक सूरज चांद रहेगा

हत्यारों की इस नगरी में कब तक रोएगी दुखियारी
माता कौन देश गई है तू अब किसको बहुरावे नारी
हार गई मैं बोलो माता आ के जगाने कब आओगी
अपनी जैसी औरत को न्याय दिलाने कब आओगी

कब तक रोएगी दुखियारी अब किसको बहुरावे नारी
जब तक सूरज चांद रहेगा...

औरत तो इक फूल है लेकिन मन में अग्नि भी रखती है
औरत को कमजोर न समझो और शक्ति भी रखती है
औरत झांसी की रानी है औरत का अस्तित्व सीता है
औरत देवी है दुर्गा है और गिरजा है इन्दिरा है
मन में अग्नि भी रखती है औरत भक्ति भी रखती है
जब तक सूरज चांद रहेगा...

शहीदों की कीर्तिगाथा

यह गीत 'गंगा की बेटी' फिलम का है। इस फिलम का निर्माण 1986 में किया गया था। यह फिलम भोजपुरी भाषा में है। इस गीत को ओंकार ने अपने संगीत से सजाया है।

रचनाकार

प्रेम धवन

प्रसिद्ध गीतकार प्रेम धवन का जन्म 13 जून 1923 को अम्बाला में हुआ, और इन्होंने लाहौर में स्नातक की शिक्षा पूरी की। प्रेम धवन ना केवल गीतकार थे, वरन आपने हिन्दी फिल्मों के लिये कुछ फिल्मों में संगीत दिया, नृत्य निर्देशन किया और अभिनय तक किया।

मोहन दास कर्मचन्द गांधी परम पुजारी अहिंसा के

मोहन दास कर्मचन्द गांधी परम पुजारी अहिंसा के
जन्मे दो अक्टूबर के दिन पोरबंदर की धरती पे
जब थे अफ्रीका में गोरों ने इनका अपमान किया
काला हिन्दुस्तानी कहकर ट्रेन से इन्हें उतार दिया
भेद ये गोरे काले का इस धरती से हटाने को
निकल पड़े वे सत्य के पथ पर अत्याचार मिटाने को
आकर भारत में सारे भारत को इन्होंने जगा दिया
एक फकीर ने सत्य के बल पर अंग्रेजों को हिला दिया
इनकी सदा पे लोगों ने सब वस्त्र विदेशी जला दिए
सत्याग्रह के आगे तोपों ने भी मस्तक झुका दिए
छोड़ो भारत–भारत छोड़ो
सन बयालीस में गूंजा इनका नारा–छोड़ो हिन्दुस्तान
आखिर सच की जीत हुई और चल दिए गोरे इंग्लिस्तान

जय भारत की–जय गांधी की
हाय रे हाय तीस जनवरी 48 की खूनी शाम
गोली आन लगी सीने पर फिर भी मुख से निकला राम
वैष्णव जन तो तैने कहिए ये पीड़ पराई जाने रे
पर दुक्खे उपकार करे तो ये अभिमान न आणे रे

शहीदों की कीर्तिगाथा

यह गीत 'भारत के शहीद' फिल्म से है। इसे संगीतबद्ध इसके लेखक प्रेम धवन ने ही किया है और महेंद्र कपूर ने अपने सुरों से इसे अमर बना दिया है।

रचनाकार

राजेंद्र कृष्ण

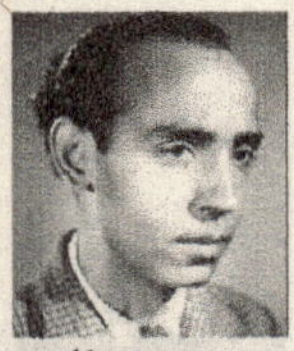

राजेंद्र कृष्ण जी कमाल के मौजी आदमी थे। उनमें जिंदगी को उसकी तह तक जाकर देख लेने वाली नजर थी, जिसकी वजह से जीवन दर्शन से भरपूर गीत लिखे गए। भावुकता ऐसी कि गांधी जी की मृत्यु का समाचार सुनते ही भाव-विह्वल होकर एक अमर गीत लिख दिया था।

सुभाष चन्द्र बोस के नाम से है हिन्दुस्तान का नाम

सुभाष चन्द्र बोस के नाम से है हिन्दुस्तान का नाम
बंगाल के इस शेर को झुक-झुक करें सलाम
नेता जी का जीवन है बलिदान की एक कहानी
बलिदान ही बलिदान है, बचपन और जवानी

बचपन ही से चंचल मन में अरमानों का मेला था
छोटी-सी इक लहर से दिल में तूफानों का रेला था
कॉलेज में उस्ताद जो था वह लन्दन का गोरा
उसने कहा कॉलेज में इक दिन हिन्दी काला लोग छिछोरा

शेर बोस का खून जो खौला गोरे को इक चपत लगाई
नाम कटा कॉलेज से लेकिन हिन्द की लाज बचाई
नेताजी का जीवन...

यह गीत 'समाधि' फिल्म का है। सी. रामचंद्र के संगीत से सजे इस गीत को रफी ने गाया है।

माता-पिता ने समझाया और इंगलिस्तान को किया रवाना
बड़ों के आगे होंठ न खोले लेकिन बागी दिल न माना
यूरोप में आई. सी. एस. के इम्तहान को पास किया
और इतना ऊंचा ओहदा पाकर देशभक्त ने छोड़ दिया
फिर हिन्दुस्तान में आकर पहले गांधी को प्रणाम किया
और देश की सेवा का बापू से पहला सबक लिया

भारत के दुख-दर्द को सोचा, समझा और पहचाना
कमर बांध कर रण में आया आजादी का दीवाना
कि अंग्रेजों ने यह ऐहद करे इस बागी को अब कैद
कुचल डाले, मसल डाले, कुचल डाले, मसल डाले मगर
बचपन से जो बागी हो वह जुल्म से डरना क्या जाने

रचनाकार

राजेंद्र कृष्ण

गीतकार राजेंद्र कृष्ण ने जितना भी लिखा, वह सब न केवल फिल्मी दृष्टि से उत्कृष्ट लेखन साबित हुआ, वरन साहित्यिक क्षेत्र में भी उनका लेखन मील का पत्थर बना।

जलने से कब घबराते हैं शमा वतन के परवाने
जिसकी रग-रग में शोले हों वह क्या समझे चिनगारी को
हथकड़ियों को, जंजीरों को जेलों की चार दीवारों को
कदम-कदम पर मुश्किल आई लेकिन शेर सदा ललकारा
रह नहीं सकता गैर के बस में हिन्दुस्तान हमारा

सरकार ने कर डाली नजर बन्द जुबां बन्द
मैदान के जो करद होते हैं कहां बन्द
इक रात को चुपके से ही गुम हो गए नेता
शोर हुआ सुबह कहां खो गए नेता
जनता भी हैरान तो सरकार भी हैरान
उड़ जाने से बुलबुल के था सैयाद परेशान

लेकिन माता की यह उम्मीद थी लौट आएगा बेटा
माता से कहे बिना कहां जाएगा बेटा
इस आस में दरवाजे भी घर के ना किए बन्द
आ जाएगा आ जाएगा ओह लाल ओह फरजन्द
पर नेता समझते कि इक और भी मां है
इस मां से बड़ी मां है जो हिन्दुस्तान है

वह छोड़ गया मां को बड़ी मां को छुड़ाने
इस हिन्द की बिगड़ती हुई तकदीर बनाने
बदल पठानी भेस चला परदेश छोड़कर देश हमारा नेता

शहीदों की कीर्तिगाथा

देश के करोड़ों नर-नारी मानते हैं कि नेताजी की विमान दुर्घटना में मृत्यु नहीं हुई थी और वे आज भी जिंदा हैं।

आजादी की नई लड़ाई लड़ने प्यारा नेता
हिन्दोस्तान से काबुल में और काबुल से बर्लिन में
चलते-चलते पहुंच गया वो सिंगापुर के रण में
कौम की इक फौज और कौमी तराना बन गया
जय गांधी, जय सुभाष, जयहिन्द, जयहिन्द

रचनाकार

सुभद्रा कुमारी चौहान

सुभद्रा कुमारी चौहान का जन्म प्रयाग में ठाकुर रामनाथ सिंह के घर हुआ। शिक्षा भी प्रयाग में ही हुई। सुभद्रा कुमारी बाल्यावस्था से ही देश-भक्ति की भावना से प्रभावित थीं। इन्होंने असहयोग आंदोलन में भाग लिया। वे विवाह के पश्चात भी राजनीति में सक्रिय भाग लेती रहीं।

बुंदेले हर बोलों के मुंह हमने सुनी कहानी थी

सिंहासन हिल उठे, राजवंशों ने भृकुटि तानी थी
बूढ़े भारत में भी आई, फिर से नई जवानी थी
गुमी हुई आजादी की, कीमत सबने पहचानी थी
दूर फिरंगी को करने की, सबने मन में ठानी थी

चमक उठी सन सत्तावन में, वह तलवार पुरानी थी
बुंदेले हरबोलों के मुंह, हमने सुनी कहानी थी
खूब लड़ी मर्दानी, वह तो झांसी वाली रानी थी

कानपुर के नाना की, मुंहबोली बहन छबीली थी
लक्ष्मीबाई नाम, पिता की वह संतान अकेली थी
नाना के संग पढ़ती थी वह, नाना के संग खेली थी
बरछी-ढाल, कृपाण, कटारी, उसकी यही सहेली थी

'झाँसी की रानी' एक बहुचर्चित रचना है। 'झांसी की रानी' फिल्म और टीवी सीरियल में भी इस गीत का उपयोग किया गया है।

वीर शिवाजी की गाथाएं, उसको याद जबानी थी
बुंदेले हरबोलों के मुंह, हमने सुनी कहानी थी
खूब लड़ी मर्दानी, वह तो झांसी वाली रानी थी

लक्ष्मी थी या दुर्गा थी, वह स्वयं वीरता की अवतार
देख मराठे पुलकित होते, उसकी तलवारों के वार
नकली युद्ध-व्यूह की रचना और खेलना खूब शिकार
सैन्य घेरना, दुर्ग तोड़ना, ये थे उसके प्रिय खिलवार

महाराष्ट्र-कुल-देवी उसकी भी आराध्य भवानी थी
बुंदेले हरबोलों के मुंह, हमने सुनी कहानी थी
खूब लड़ी मर्दानी, वह तो झांसी वाली रानी थी

रचनाकार

सुभद्रा कुमारी चौहान

दुर्भाग्यवश मात्र 43 वर्ष की अवस्था में एक दुर्घटना में सुभद्रा कुमारी चौहान की मृत्यु हो गई। इनकी रचनाएँ हैं- मुकुल (कविता-संग्रह), बिखरे मोती (कहानी संग्रह), सीधे-सादे चित्र और चित्रारा।

हुई वीरता की, वैभव के साथ सगाई झांसी में
ब्याह हुआ रानी बन आई, लक्ष्मीबाई झांसी में
राजमहल में बजी बधाई, खुशियां छाईं झांसी में
सुघट बुंदेलों की विरुदावलि-सी, वह आई झांसी में

चित्र ने अर्जुन को पाया, शिव से मिली भवानी थी
बुंदेले हरबोलों के मुंह, हमने सुनी कहानी थी
खूब लड़ी मर्दानी, वह तो झांसी वाली रानी थी

उदित हुआ सौभाग्य, मुदित महलों में उजियाली छाई
किंतु कालगति चुपके-चुपके, काली घटा घेर लाई
तीर चलाने वाले कर में, उसे चूड़ियां कब भाईं
रानी विधवा हुई, हाय! विधि को भी नहीं दया आई

निसंतान मरे राजाजी, रानी शोक-समानी थी
बुंदेले हरबोलों के मुंह, हमने सुनी कहानी थी
खूब लड़ी मर्दानी, वह तो झांसी वाली रानी थी

बुझा दीप झांसी का, तब डलहौजी मन में हरषाया
राज्य हड़प करने का उसने, यह अच्छा अवसर पाया
फौरन फौजें भेज दुर्ग पर, अपना झंडा फहराया
लावारिस का वारिस बनकर, ब्रिटिश राज्य झांसी आया

अश्रुपूर्ण रानी ने देखा, झांसी हुई बिरानी थी
बुंदेले हरबोलों के मुंह, हमने सुनी कहानी थी
खूब लड़ी मर्दानी, वह तो झांसी वाली रानी थी

अनुनय विनय नहीं सुनती है, विकट शासकों की माया
व्यापारी बन दया चाहता था, जब यह भारत आया
डलहौजी ने पैर पसारे, अब तो पलट गई काया
राजाओं-नव्वाबों को भी, उसने पैरों ठुकराया

रानी दासी बनी, बनी यह दासी अब महारानी थी
बुंदेले हरबोलों के मुंह, हमने सुनी कहानी थी
खूब लड़ी मर्दानी, वह तो झांसी वाली रानी थी

छिनी राजधानी दिल्ली की, लखनऊ छीना बातों-बात
कैद पेशवा था बिठूर में, हुआ नागपुर का भी घात
उदैपुर, तंजौर, सतारा, करनाटक की कौन बिसात
जबकि सिंध, पंजाब, ब्रह्म पर, अभी हुआ था वज्र-निपात

बंगाले, मद्रास आदि की भी तो वही कहानी थी
बुंदेले हरबोलों के मुंह, हमने सुनी कहानी थी
खूब लड़ी मर्दानी, वह तो झांसी वाली रानी थी

रानी रोईं रिनवासों में, बेगम गम से थीं बेजार

सुभद्रा कुमारी चौहान ने कविताओं के साथ-साथ कहानियां भी लिखी हैं। इन्होंने कुल 46 कहानियां लिखी, और अपनी व्यापक कथा दृष्टि से वे एक अति लोकप्रिय कथाकार के रूप में हिन्दी साहित्य जगत में सुप्रतिष्ठित हैं!

रचनाकार

सुभद्रा कुमारी चौहान

1904 में ग्राम निहालपुर, इलाहाबाद, उत्तर प्रदेश में जन्मी सुभद्रा कुमारी चौहान को मुकुल तथा बिखरे मोती पर अलग-अलग से कसरिया पुरस्कार मिले हैं।

उनके गहने-कपड़े बिकते थे, कलकत्ते के बाज़ार
सरे आम नीलाम छापते थे, अंग्रेजों के अखबार
नागपुर के जेवर ले लो, लखनऊ के लो नौलख हार

यों परदे की इज्जत परदेशी के हाथ बिकानी थी
बुंदेले हरबोलों के मुंह, हमने सुनी कहानी थी
खूब लड़ी मर्दानी, वह तो झांसी वाली रानी थी

कुटियों में भी विषम वेदना, महलों में आहत अपमान
वीर सैनिकों के मन में था, अपने पुरखों का अभिमान
नाना धुंधूपंत पेशवा, जुटा रहा था सब सामान
बहिन छबीली ने रण-चण्डी का कर दिया प्रकट आहवान

हुआ यज्ञ प्रारम्भ, उन्हें तो सोई ज्योति जगानी थी
बुंदेले हरबोलों के मुंह, हमने सुनी कहानी थी
खूब लड़ी मर्दानी, वह तो झांसी वाली रानी थी

महलों ने दी आग, झोंपड़ी ने ज्वाला सुलगाई थी
यह स्वतंत्रता की चिनगारी, अंतरतम से आई थी
झांसी चेती, दिल्ली चेती, लखनऊ लपटें छाई थीं
मेरठ, कानपुर, पटना ने भारी धूम मचाई थी

जबलपुर, कोल्हापुर में भी कुछ हलचल उकसानी थी

बुंदेले हरबोलों के मुंह, हमने सुनी कहानी थी
खूब लड़ी मर्दानी, वह तो झांसी वाली रानी थी

इस स्वतंत्रता महायज्ञ में, कई वीरवर आए काम
नाना धुंधूपंत, तांतिया, चतुर अजीमुल्ला सरनाम
अहमदशाह मौलवी, ठाकुर कुंवरसिंह सैनिक अभिराम
भारत के इतिहास गगन में, अमर रहेंगे जिनके नाम

लेकिन आज जुर्म कहलाती, उनकी जो कुरबानी थी
बुंदेले हरबोलों के मुंह, हमने सुनी कहानी थी
खूब लड़ी मर्दानी, वह तो झांसी वाली रानी थी

इनकी गाथा छोड़, चलें हम झांसी के मैदानों में
जहां खड़ी है लक्ष्मीबाई, मर्द बनी मर्दानों में
लेफ्टिनेंट वॉकर आ पहुंचा, आगे बढ़ा जवानों में
रानी ने तलवार खींच ली, हुआ द्वन्द्व असमानों में

जख्मी होकर वॉकर भागा, उसे अजब हैरानी थी
बुंदेले हरबोलों के मुंह, हमने सुनी कहानी थी
खूब लड़ी मर्दानी, वह तो झांसी वाली रानी थी

रानी बढ़ी कालपी आई, कर सौ मील निरंतर पार
घोड़ा थककर गिरा भूमि पर, गया स्वर्ग तत्काल सिधार

शहीदों की कीर्तिगाथा

भारतीय डाकतार विभाग ने 6 अगस्त 1976 को सुभद्रा कुमारी चौहान के सम्मान में 25 पैसे का एक डाक-टिकट जारी किया है।

रचनाकार

सुभद्रा
कुमारी
चौहान

ये राष्ट्रीय चेतना की एक सजग कवयित्री रही हैं, किन्तु इन्होंने स्वाधीनता संग्राम में अनेक बार जेल यातनाएँ सहने के पश्चात अपनी अनुभूतियों को कहानी में भी व्यक्त किया। वातावरण चित्रण-प्रधान शैली की भाषा सरल तथा काव्यात्मक है, इस कारण इनकी रचना की सादगी हृदयग्राही है।

यमुना तट पर अंग्रेजों ने, फिर खाई रानी से हार
विजयी रानी आगे चल दी, किया ग्वालियर पर अधिकार

अंग्रेजों के मित्र सिंधिया ने छोड़ी रजधानी थी
बुंदेले हरबोलों के मुंह, हमने सुनी कहानी थी
खूब लड़ी मर्दानी, वह तो झांसी वाली रानी थी

विजय मिली, पर अंग्रेजों की फिर सेना घिर आई थी
अबके जनरल स्मिथ सम्मुख था, उसने मुंह की खाई थी
काना और मंदरा सखियां, रानी के संग आई थी
युद्ध क्षेत्र में उन दोनों ने, भारी मार मचाई थी

पर पीछे ह्यूरोज आ गया, हाय! घिरी अब रानी थी
बुंदेले हरबोलों के मुंह, हमने सुनी कहानी थी
खूब लड़ी मर्दानी, वह तो झांसी वाली रानी थी

तो भी रानी मार-काटकर, चलती बनी सैन्य के पार
किन्तु सामने नाला आया, था वह संकट विषम अपार
घोड़ा अड़ा, नया घोड़ा था, इतने में आ गए सवार
रानी एक, शत्रु बहुतेरे, होने लगे वार-पर-वार

घायल होकर गिरी सिंहनी, उसे वीरगति पानी थी
बुंदेले हरबोलों के मुंह, हमने सुनी कहानी थी

खूब लड़ी मर्दानी, वह तो झांसी वाली रानी थी

रानी गई सिधार, चिता अब उसकी दिव्य सवारी थी
मिला तेज से तेज, तेज की वह सच्ची अधिकारी थी
अभी उम्र कुल तेइस की थी, मनुज नहीं अवतारी थी
हमको जीवित करने आई, बन स्वतंत्रता-नारी थी

दिखा गई पथ, सिखा गई हमको, जो सीख सिखानी थी
बुंदेले हरबोलों के मुंह, हमने सुनी कहानी थी
खूब लड़ी मर्दानी, वह तो झांसी वाली रानी थी

जाओ रानी, याद रखेंगे ये कृतज्ञ भारतवासी
यह तेरा बलिदान जगावेगा स्वतंत्रता अविनासी
होवे चुप इतिहास, लगे सच्चाई को चाहे फांसी
हो मदमाती विजय, मिटा दे गोलों से चाहे झांसी

तेरा स्मारक तू ही होगी, तू खुद अमिट निशानी थी
बुंदेले हरबोलों के मुंह, हमने सुनी कहानी थी
खूब लड़ी मर्दानी, वह तो झांसी वाली रानी थी

भारतीय तटरक्षक सेना ने 28 अप्रैल 2006 को सुभद्राकुमारी चौहान की राष्ट्रप्रेम की भावना को सम्मानित करने के लिए नए नियुक्त एक तटरक्षक जहाज को सुभद्रा कुमारी चौहान का नाम दिया है।

रचनाकार

प्रेम धवन

गीतकार प्रेम धवन का जन्म 13 जून 1923 को अम्बाला में हुआ, और लाहौर में स्नातक की शिक्षा पूरी की। प्रेम धवन बहुमुखी प्रतिभा के धनी थे। फिल्मों में इनके गीत और संगीत का लोहा माना जाता था और जिस फिल्म में इनके गीत होते थे, वह सफल अवश्य होती थी।

संभालो ऐ वतन वालो वतन अपना संभालो

इधर सरहद पे बहता है लहू अपने जवानों का
उधर डूबे हुए हम शराबों और जामों में
न संभालोगे तो मिट जाओगे ऐ हिन्दोस्तां वालो
तुम्हारी दास्तां तक भी न होगी दास्तानों में
संभालो ऐ वतन वालो वतन अपना संभालो

जिस वतन के वास्ते लाखों ने अपनी जान दी
जान दी, जाने नहीं दी आन हिन्दोस्तान की
कहानी उन शहीदों की न भूलो हिन्दवालो
संभालो ऐ वतनवालो वतन अपना संभालो

जंजीरों से बंधी हुई थी सदियों से भारतमाता
इन्हें तोड़नेवाला पहला बागी मंगल पांडे था

छीन के बोला कारतूस वो अपने फौजी भाइयों से
गाय और सुअर की चर्बी तोड़ो न अपने दांतों से
करवाई मंगल ने बगावत नाम धर्म का लेकर
चारों ओर ये ज्वाला भड़की 57 का हुआ गदर
बढ़ा पकड़ने ह्यूसन तो मंगल ने निशाना बना दिया
पल में विदेशी हाकिम को मिट्टी में उसने मिला दिया
गोरे शाही के सीने में चली ये पहली गोली थी
करके सर ऊंचा भारत मां मंगल की जय बोली थी
मंगल पांडे की जय

हैदर अली ने जड़ें हिला दीं अंग्रेजी सरकार की
गूंज रही झंकार अभी तक टीपू के तलवार की

यह गीत 'भारत के शहीद' फिल्म का है। इस गीत को इसके लेखक प्रेम धवन ने ही संगीतबद्ध किया है और इसे महेन्द्र कपूर एवं साथियों ने अपने स्वर से सजीव बनाया है।

एक परिचय

मंगल पांडे

मंगल पांडे, सन 1857 के प्रथम भारतीय स्वतन्त्रता संग्राम के अग्रदूत थे। उनका जन्म 19 जुलाई 1827 को उत्तर प्रदेश के बलिया जिले के नगपा गाँव में हुआ था। वे , कोलकाता के पास बैरकपुर की सैनिक छावनी में 34वीं बंगाल नेटिव इन्फैंट्री के एक सिपाही थे।

पेशवाजी ने कमल चपाती से क्रांति संदेश दिया
फांसी चढ़कर तांत्या टोपे ने जीवन बलिदान किया

नाना फड़नवीस ने आखिरी दम तक हार नहीं मानी
लड़ते-लड़ते अमर हुई मरदानी झांसी की रानी
कटे हाथ से लड़े कुंवर सिंह हार गई गोरी सरकार
आज भी गौरव से लेता है उस योद्धा का नाम बिहार

बहादुर शाह जफर ने दी तीनों बेटों की कुर्बानी
मौत आई रंगून में तो बोले आंखों में भर पानी
कितना है बदनसीब जफर के दफन के लिए
दो गज जमीन भी न मिली कुए यार में

लुधियाना के गुरु राम सिंह जिनका रहेगा नाम अमर
अठारह सौ चौबीस में वो जन्मे थे इस धरती पर
अंग्रेजों से लड़ने चले मालेर कोटला इनके जवान
गोरों की तोपों के मुंह में चली गई कितनों की जान
रामसिंह को गाली दी जब के काबान कमिशनर ने
पकड़ लिए तब केश उछलकर एक नन्हेसे बालक ने
छोड़ा न जो छुड़ाने पर तो काट दिए बालक के हाथ
गिरा तड़प कर नन्हा बालक छूट गया प्राणों का साथ
इधर रामसिंह हो गए बन्दी और बर्मा की जेल गए
देश की आजादी के लिए ये कहते जान पे खेल गए
वन्दे मातरम...
जब भी बोलो वन्दे मातरम याद करो तुम बंकिम को
जिस बंगाली देश भक्त ने अमर गान दिया हमको

बहादुर शाह जफर (1775-1862) भारत में मुगल साम्राज्य के आखिरी शहंशाह थे। उन्होंने 1857 का प्रथम भारतीय स्वतंत्रता संग्राम में भारतीय सिपाहियों का नेतृत्व किया।

एक परिचय

श्याम कृष्णजी वर्मा

श्याम कृष्णजी वर्मा (4 अक्टूबर, 1857 - 31 मार्च, 1933) क्रांतिकारी गतिविधियों के माध्यम से भारत की आजादी के संकल्प को गतिशील करने वाले एवं कई क्रान्तिकारियों के प्रेरणास्रोत थे। वे पहले भारतीय थे, जिन्हें ऑक्सफोर्ड से एम.ए. और बैरिस्टर की उपाधियां मिलीं थीं।

राष्ट्रगीत जन गन मन के महाकवि को करो प्रणाम
भूलेगा न देश कभी रविन्द्रनाथ टैगोर का नाम

वासुदेव बलवंत फड़के करते थे नौकरी सरकारी
मिली न छुट्टी इनको जब मर गई इनकी माता प्यारी
किए प्रतिज्ञा उसी समय कि केश नहीं कटवाऊंगा
अंग्रेजी सरकार को जब तक देश से नहीं हटाऊंगा
लेके जवानों की इक टोली टूट पड़े अंग्रेजों पे
फूंक दिए सरकारी अदालत हाथ न आए गोरों के
इक दिन जब बीमार पड़े थे मेजर डेनियल आ पहुंचा
धोखे से उस वीर पुरुष को आखिर उसने पकड़ लिया
हुई सजा काले पानी की पर वो जेल से हुए फरार
दोबारा जब पकड़े गए तो हुए शहीद त्याग संसार
वो था श्याम कृष्णजी वर्मा कच्छ का प्यारा लाल

जिसने जलाई लंदन में क्रांति की पहली बार मशाल
वीरेन्द्रनाथ ने लंदन में कर दी गोरों की नींद हराम
पृथ्वीसिंह ने राज उलटने में पाया था ऊंचा नाम
हरदयाल ने देश विदेश में क्रांति ज्वाला भड़काई
पंडित काशीराम ने भी क्रांति के लिए फांसी पाई
बरकत उल्ला ने कायम की गदर पार्टी की बुनियाद
रखता महेन्द्र प्रताप को काबुल बर्लिन अब तक याद

गदर पार्टी के लीडर थे बाबा सोहनसिंह भखना
सोहनलाल पाठक चढ़ फांसी लुटा गए जीवन अपना
कतार सिंह सराबा आए छोड़ विदेश को अपना देश
गोरों की छावनी में पहुंचे देने क्रांति का संदेश
गोरों को थी सभी खबर फिर भी न रुका ये दीवाना
हाथों में हथकड़ी लगी थी पर कहता था मस्ताना
सेवा देश की जिन्दगिये बड़ी औखी
गल्लां करनियां ढेर सुखल्लियां वे

फांसी का फंदा चूमा था वीर मराठा पिंगले ने
दक्षिण में स्वदेशी आन्दोलन किया चिदंबरम पिल्ले ने
झांसी के परमानंदजी लाहौर के परमानंद भाई
जिन्होंने अमरीका तक क्रांति की आवाज पहुंचाई
नाम था मैडम कामा ही उस हिन्दोस्तान की बेटी का
लहराया जंग में जिसने झंडा आजादी का

हाथरस जिले की मुरसान रियासत के राजा महेन्द्र प्रताप के हृदय में स्वाधीनता का विचार हिलोरें ले रहा था। उन्होंने विदेशों में जाकर भारतीय आजादी की अलख जगाई और लोगों को स्वतंत्रता के लिए प्रेरित किया।

एक परिचय

मैडम कामा

श्रीमती भीखाजी जी रूस्तम कामा (मैडम कामा) जर्मनी के स्टटगार्ट नगर में 22 अगस्त 1907 में हुई सातवीं अंतर्राष्ट्रीय कांग्रेस में तिरंगा फहराने के लिए सुविख्यात हैं। उस समय तिरंगा वैसा नहीं था जैसा आज है। कामा स्वाधीनता संग्राम से जुड़ी अत्यंत कर्मठ महिला थी।

रामरखा ने किया था अनशन अन्डमान की जेल में
खेल गए वे जान की बाजी आजादी के खेल में
धन्य है रत्नागिरी जहां पे बाल तिलक ने जन्म लिया
स्वराज्य हमारा जन्मसिद्ध अधिकार है ये पैगाम दिया
पत्र केसरी और मराठा से जनता को जगाने लगे
अपनी कलम के जोर से शासन की नींव हिलाने लगे

शिवजयंती गणपति उत्सव महाराष्ट्र में शुरू किया
धर्म के संग आजादी का भी घर-घर में संदेश दिया।
दादा भाई नौराजी को राष्ट्र पितामह कहता देश
बनाके नेशनल कांग्रेस स्वराज्य का दिया प्रथम संदेश
वो मतवाला बिपिनचन्द्र बंगला का था रहने वाला
भड़काई थी जिसने जन-जन में आजादी की ज्वाला

रखना याद किशनसिंह को, भगतसिंह के पिता महान
देश आजाद कराने में कम नहीं इनका भी बलिदान
जितने वीर अजीत सिंह थे स्वर्ण सिंह उतने ही दिलेर
भगत सिंह के चाचा दोनों कहलाते पंजाब के शेर
दिया मुरादाबाद की धरती ने सूफी अम्बाप्रसाद
कटे हाथ से भी जो योधा लड़ा था अंग्रेजों के साथ

याद करो ऐ लोगो चाफेकर बन्धुओं की कुर्बानी
जिन्होंने अत्याचारी रेंड को मार मिटाने की ठानी
जश्न मना मलका का जहां रेंड आ रहा था सरेआम
दामोदर और बालकिशन छुपके जा पहुंचे उसी मुकाम
एयरिस्ट को मारा बालकिशन ने मारा रेंड दामोदर ने
गोरे अफसर पकड़ न पाए दोनों भाई हुए फरार
मुखबिर बना गणेश द्रविड़ हो गया दामोदर गिरफ्तार
तिलक से गीता मंगवाकर फांसी पे चढ़ गए दामोदर
दूजे भाई वासुदेव ने मुखबिर गणेश को जा मारा

सरदार किशन सिंह और उनकी पत्नी विद्यावती कौर महान स्वतंत्रता सेनानी थे। इसके पुत्र भगत सिंह भी प्रसिद्ध स्वतंत्रता सेनानी हुए हैं। यह एक सिख परिवार था जिसने आर्य समाज के विचार को अपना लिया था।

एक परिचय

मोतीलाल नेहरू

मोतीलाल नेहरू इलाहाबाद के एक मशहूर वकील थे। वे पंडित जवाहरलाल नेहरू के पिता थे। वे भारत के स्वतंत्रता संग्राम के आरम्भिक कार्यकर्ताओं में से थे। मोतीलाल नेहरू का जन्म एक कश्मीरी पण्डित परिवार में हुआ था।

मौत का बदला मौत से ले हो गया मौत को वो प्यारा
कसम ऐसे शहीदों की तुम्हें ऐ देशवालो
संभालो ऐ वतनवालो वतन अपना संभालो
संभालो ऐ वतनवालो वतन अपना संभालो
जिस वतन के वास्ते लाखों ने अपनी जान दी
जान दी जाने नहीं दी आन हिन्दुस्तान की
कहानी उन शहीदों की न भूलो हिन्दवालो
संभालो ऐ वतन वालो वतन अपना संभालो
नहीं है मोतीलाल सा कोई सारे भारत में मोती
जवाहर सा कुलदीप दिया और ज्योति इंदिरा सी पोती
झोंक दिया जेलों की धधकती ज्वाला में जीवन अपना
दादा ने जो देखा था पोती ने किया पूरा सपना
1889 का दिन था चौदह नवम्बर रखना याद
जन्मे जवाहरलाल इसी दिन धन्य हो गया इलाहाबाद
त्याग के सुखानंद भवन का आजादी के पथ पे चले
लंदन से युवराज आया तो काले झंडे लेके बढ़े
जेल चले जब तो पत्नी ने तिलक लगाया हाथों से
हार न मानी कभी इन्होंने अंग्रेजों की घातों से
जब आजादी का पहला झंडा लहराया था नभ में
नेहरू को प्रधानमंत्री माना सारे भारत ने
कहते थे चाचा नेहरू ये बच्चे कल की मूरत हैं
ये बांध ये कल कारखाने नेहरू के बनाए तीरथ हैं
पंचशील का नया संदेश सबको दिया जवाहर ने

नाम अपने भारत का रोशन जग में किया जवाहर ने
गोपालकृष्ण गोखले को आओ शीश नवाएं हम
भारत मां के दुलारे पे श्रद्धा के फूल चढ़ाएं हम
सुरेन्द्र बेनर्जी जेल गए थे बंग-भंग आंदोलन में

गोपाल कृष्ण गोखले का जन्म 9 मई, सन् 1866 को बंबई (अब मुम्बई) प्रेजीडेंसी के रत्नागिरी जिले के कोतलुक गांव में हुआ था। गोखले परिवार मूल रूप से इसी जिले के वेलणेश्वर गांव का रहने वाला था।

एक परिचय

खुदीराम बोस

भारतीय स्वाधीनता के लिये खुदीराम बोस मात्र 19 साल की उम्र में ही देश के लिए फाँसी पर चढ़ गए। कुछ इतिहासकार उन्हें देश के लिए फांसी पर चढ़ने वाला सबसे कम उम्र का क्रांतिकारी देशभक्त मानते हैं। खुदीराम का जन्म पश्चिम बंगाल के मिदनापुर में त्रैलोक्यनाथ बोस के यहाँ हुआ था।

नागपुर के खानखोजे ने फूंकी ज्वाला जन-जन में
अनाथ पंजा ने बुर्गे को मौत के घाट उतारा था
प्रद्योत भट्टाचार्य ने जालिम डगलस को मारा था
बाबू गेनू ने वस्त्र विदेशी के विरोध में प्राण दिए
रुकी नहीं लारी तो ये लारी के नीचे लेट गए
था 18 साल का बालक खुदीराम था जिसका नाम
संग में लेके प्रफुल्ल को किया था उसने भारी काम
किंग्स फोर्ड की गाड़ी पे उसने ही जा बम फोड़ा था
चूम के फांसी के फंदे को मौत से नाता जोड़ा था
मन में लगन थी आजादी की तनपे शहीदी बाना था
जाते-जाते वीर के होंठों पर बस यही तराना था
एक बारे बिदाय दे मां घरे आशी

आमी हांशी हांशी पोरबो फांशी देखबे जोगोत बाशी
किया कोन्हाईलाल ने सत्येन बोस को लेकर काम महान
जेल में बंदी रहकर भी ले ली थी एक मुखबिर की जान
देशबंधु चितरंजनदास को भूलेगा न हिन्दुस्तान
आजादी के महायज्ञ में कर गए तन मन धन सब दान
बड़ा दिलेर था अवध बिहारी बड़ा ही शेर था बालम
जिन्होंने संग अमीरचन्द के फेंका था दिल्ली में बम
आई.एन.ए. की नींव धरी दादा ने ही जापान में
मरते दम तक देश की सेवा की इस वीर महान ने
जितेन्द्रनाथ सान्याल थे सच्चे रास बिहारी के
जेलों में ही जीवन काटा मरे वहीं बीमारी से
यतीन्द्र मुकर्जी को बाघा के नाम से जाने सब बंगाल
बलासार के वन में पहुंचा लेने शस्त्र जब मां का लाल
चमक उठी संगीन पुलिस की गरज पड़ी इन पे गोली
लड़ते-लड़ते घिरी पुलिस से क्रान्ति वीरों की टोली
घायल हो गया चित्त प्रिय तो ले यतिन्द्र उन्हें बांहों में
वार लगे गोरों पर करने मौत से घिरी घटनाओं में
निरेन मनोरंजन, ज्योतिष गिर पड़े थे जब गोली खाकर
तब यतिन्द्र भी गिरे जोर से पानी पानी चिल्लाकर
जोल...जोल...जोल...
सोने चले मौत की गोद में बाघा यतिन्द्र घायल होकर
आज भी करती भारतमाता याद उन बेटों को रो-रोकर
वतन एक सर जो मांगे तो हजारों सर कटा लो

आजाद हिंद फौज की स्थापना करने में रासबिहारी बोस की महत्वपूर्ण भूमिका रही। हालांकि देश को आजाद करने के लिए किए गए उनके ये प्रयास सफल नहीं हो पाए, लेकिन इससे स्वतंत्रता संग्राम में निभाई गई उनकी भूमिका का महत्व बहुत ऊंचा है।

एक परिचय

सावरकर

विनायक दामोदर सावरकर भारतीय स्वतंत्रता आन्दोलन के अग्रिम पंक्ति के सेनानी और प्रखर राष्ट्रवादी नेता थे। उन्हें प्रायः वीर सावरकर के नाम से सम्बोधित किया जाता है। सावरकर ने सारे देश में देशभक्ति की भावना भरी।

संभालो ऐ वतन वालो वतन अपना संभालो
संभालो ऐ वतन वालो वतन अपना संभालो
जिस वतन के वास्ते लाखों ने अपनी जान दी
जान दी जाने नहीं दी आन हिन्दुस्तान की
कहानी उन शहीदों की न भूलो हिन्द वालो
महाराष्ट्र का नासिक है सावरकरजी का जन्म स्थान
अभिनव भारत क्रांति सभा में दाखिल किए थे वीर जवान
रानी झांसी मंगल पाण्डे कुंअर सिंह की कथा महान
जब लन्दन में जाके सुनाई तड़प उठा तब मदन जवान
एक जासूस था अंग्रेजों का कर्जन वायली जिसका नाम
मदन ढींगरा पहुंचा वहां पर करने उसका काम तमाम
ले गई हुकूमत इसी जुर्म में सावरकर को बागी मान
लेकिन कूद गए सागर में लेके हथेली पे वो जान
अण्डमान की जेल में भी गर्दन न उनकी कभी झुकी
थी आजाद आवाज उनकी, आवाज उनकी न कभी रुकी
स्वतंत्रते भगवती...स्वतंत्रते भगवती...
गणेश सावरकर को मिली जबकि जेक्सन से सख्त सजा
अनन्त कन्हेरे मारके जेक्सन को फांसी पे झूल गया
आजादी और धर्म का जिसकी रग-रग में भरपूर था जोश
भारत क्या सारी दुनिया में, चमके थे अरविन्द घोष
वारिन्द्र घोष अरविन्द घोष का छोटा भाई प्यारा था
आजादी के लिए जिया और इसी पे तन-मन वारा था
विनय बोस पिस्तौल अगर था, तो बादल उसकी गोली

सावरकर को जलयान द्वारा भारत लाये जाते समय ये फ्रांस के निकट जहाज के आते ही शौचालय से होकर समुद्र में कूद पड़े परन्तु पुनः पकड़े गये, बम्बई की अदालत ने आजन्म कारावास की सजा दी और काले पानी के लिये अंडमान भेज दिया गया। इसी जेल में उनके बड़े भाई भी बंद थे।

एक परिचय

मौलाना आजाद

मौलाना अब्दुल कलाम आजाद एक प्रसिद्ध भारतीय मुस्लिम विद्वान थे। वे कवि, लेखक, पत्रकार और भारतीय स्वतंत्रता सेनानी थे। भारत की आजादी के बाद वे एक महत्त्वपूर्ण राजनीतिक रहे। वे महात्मा गांधी के सिद्धांतों का समर्थन करते थे।

दिनेश गुप्ता के संग खेले सिम्पसन के खून से होली
गूंज रहा मद्रास में अब तक घर-घर कटबामन का नाम
हिल गया अंग्रेजी शासन छेड़ा उसने ऐसा संग्राम
जिस जज ने इल्जाम लगाया उसे अदालत में मारा
फांसी के अंतिम दिन भी गाता रहा दक्षिण का तारा
अच्च मिल्लय...अच्च मिल्लय...
मक्के में एक दिया जला जो कर गया रोशन हिन्दुस्तान
अब्दुल कलाम आजाद था वो हिन्दू मुस्लिम दोनों की जान
मास्टर दा ने चिटगांव से ब्रिटेन का झण्डा हटा दिया
प्रीतलाल ने गोली से गोरों के क्लब को उड़ा दिया
जिनको कहते सब नेता जी, कटक में उनका हुआ जन्म

रंगा था क्रांति के रंग में बचपन से ही उनका मन
नारा दिया जयहिन्द का और दिल में ज्वाला भर दी
बोले तुम दो खून मुझे मैं दूंगा तुमको आजादी
कांप उठी गोरे शाही और घर में उनको कैद किया
लेकिन भेष बदल वो निकले सिंगापुर विश्राम किया
ले आजाद हिंद सेना भारत को आजाद कराने को
टूट पड़े अंग्रेजों पर गोरी सरकार मिटाने को
सुभाष चन्द्र बोस जिन्दाबाद नेताजी जिन्दाबाद
जयहिन्द, जयहिन्द, जयहिन्द
श्यामा प्रसाद मुखर्जी को भी भूलेगा न हिन्दुस्तान
आजादी की खातिर लड़ता रहा सदा ये पुरुष महान
दुर्गा भाभी ने भी आजादी में पूरा साथ दिया
भगत सिंह की साथी बन लाहौर से उन्हें फरार किया
भगवती चरण बोहरा का सुन लो बड़ा अनोखा है बलिदान
बम की परीक्षा करते-करते दे दी इन्होंने अपनी जान
सीताराम राजू ने रक्खी आंध्रप्रदेश की ऊंची शान
बार-बार गोरों पे छापा मारा आखिर दे दिए प्राण
नलनी बागची भी आसमान में अंग्रजों से डटके लड़े
गोपीनाथ भी डे को मारके, हंसते हुए फांसी पे चढ़े
डॉक्टर अम्बेडकर ने रचा स्वतंत्र भारत का विधान
छूत-छात का भेद मिटाकर किया हरिजनों का उत्थान
मन्मथनाथ गुप्त लाए थे टोली में आजाद को
आजादी के मतवाले जीवित हैं देश हित आज भी वो

डा. श्यामा प्रसाद मुखर्जी महान शिक्षाविद्, चिन्तक और भारतीय जनसंघ के संस्थापक थे। भारतवर्ष की जनता उन्हें स्मरण करती है - एक प्रखर राष्ट्रवादी के रूप में। उनकी मिसाल दी जाती है - एक कट्टर राष्ट्र भक्त के रूप में।

एक परिचय

रामप्रसाद बिस्मिल

रामप्रसाद बिस्मिल, भारत के महान सपूत थे। बंकिमचन्द्र चट्टोपाध्याय द्वारा रचित वन्दे मातरम् के बाद अमर शहीद रामप्रसाद बिस्मिल का सरफरोशी की तमन्ना ही वह गीत है , जिसे गाते हुए कितने ही देशभक्त फांसी के फन्दे को चूम लिये।

दक्षिण भारत के नेता अन्नादुराई बड़े महान
आज भी जिनको तमिलनाडु की जनता पूजे देव समान
खत्म विदेशी राज हो इनकी ये आवाज बुलन्द रही
चैन लिया न जब तक भारत मां जंजीर में बंद रही
आजाद हुआ भारत अपना इनका सपना साकार हुआ
मुख्यमंत्री के पद का जनता ने इन्हें अधिकार दिया
देश की सेवा किए जन्म भर सेवा में ही दिए प्राण
तमिलनाडु ही क्या याद करता उनको सारा हिन्दुस्तान
त्रिपुर कुमारन को रक्खेगा याद हमेशा तमिलनाडु
झण्डा लहराते हुए लाठी खाकर दे दिए थे प्राण त्याग

कौमी शायर बिस्मिल था आजादी का इक दिवाना
निकला वीर शाहजहांपुर से पहिने केसरिया बाना
काकोड़ी में जाकर उसने शाही खजाना लूट लिया
लूट के माल से ले बंदूकें दल फौलादी बना दिया
गोरे हाकिम लगे ढूंढने जगह-जगह पे बिस्मिल को
आखिर एक दिन पकड़ लिए वो इस सैलानी बादल को
जेल में रहकर भी लिखते रहे वो क्रांति की वाणी
धन्य हैं ऐसे देशभक्त और धन्य है इनकी कुर्बानी
मिलने आई मां तो बोली दूध की तूने रख ली लाज
गाते हुए चल दिए बिस्मिल पहिन शहादत वाला ताज
सरफरोशी की तमन्ना अब हमारे दिल में है
देखना है जोर कितना बाजुए कातिल में है

ये मिट्टी है शहीदों की इसे माथे लगा लो
सम्हालो ऐ वतन वालो, वतन अपना संभालो
किशन सिंह गड़गज अकाली दल के ऊंचे नेता थे

बाल गंगाधर तिलक भारत के एक प्रमुख नेता, समाज सुधारक और स्वतन्त्रता सेनानी थे। ये भारतीय स्वतन्त्रता संग्राम के पहले लोकप्रिय नेता थे। इन्होंने सबसे पहले भारत में पूर्ण स्वराज की माँग उठाई। इन्हें हिन्दू राष्ट्रवाद का पिता भी कहा जाता है।

रचनाकार

हेमू कालाणी

हेमू कालाणी भारत के एक क्रान्तिकारी एवं स्वतन्त्रता संग्राम सेनानी थे। अंग्रेजी शासन ने उन्हें फांसी पर लटका दिया था।

हेमू कालाणी सिन्ध के सुक्कूर में 23 मार्च सन् 1923 को जन्मे थे। उनके पिताजी का नाम पेशुमल कालाणी एवं उनकी माँ का नाम जेठी बाई था।

संग साथियों के जा हंसते-हंसते फांसी झूल गए
गुरुद्वारों पर जब गोरों ने, था अपना अधिकार किया

बाबा खड़क सिंह और तारा सिंह ने था सीना तान लिया
जो बोले जब तक मिले न चाबी हटेंगे न गुरुद्वारे से
गूंज उठे धरती अंबर गुरु के इस जयकारे से
बोले सो निहाल सत श्री अकाल
ए सतगुरु रहमत तेरी तूं बदली तकदीर हजारां दी
मुर्दयां विच पांव दी जान गई शक्ति तेरे दीदारां दी
खून की होली खेले गोरे लेकिन वो भी अड़े रहे
इन वीरों के लहू के छींटे गुरुग्रन्थ पे जा के पड़े
तब अंग्रेजों की जिद टूटी चाबी इनको देनी पड़ी
सिक्खों के इस बलिदान से सारी हुकूमत कांप उठी
रुद्र नारायण थे झांसी के किया जिन्होंने काम कमाल
फोटो थे आजाद के रक्खे दीवारों के बीच सम्हाल
आज भी जिंदा है यशपाल कि जो आजाद के साथी थे
वायसराय की ट्रेन उलटने में थे ये सबसे आगे
हेमू कालाणी था जिसने रेल की पटरी तोड़ी थी
फौजी गाड़ी को उलटाने मौत से किस्मत जोड़ी थी

छोटा-सा इक ग्राम करमसद है गुजरात की धरती पे
जहां पर जन्म लिया था लौह पुरुष सरदार पटेल ने
बारडोली के सत्याग्रह को सफल किया सरदार ने
रुक न सके तराने कौमी, जेलों की दीवारों में
भगवानदास का हुआ भुसावल बम काण्ड में ऊंचा नाम
संग सदाशिव के मारा मुखबिर को अदालत में सरेआम

सरदार वल्लभ भाई पटेल भारत के स्वतन्त्रता संग्राम सेनानी एवं स्वतन्त्र भारत के प्रथम गृह मंत्री थे। उनका जन्म नडियाद, गुजरात में हुआ था। भारत की स्वतंत्रता संग्राम में उनका महत्वपूर्ण योगदान है।

एक परिचय

राजेन्द्र प्रसाद

डाक्टर राजेन्द्र प्रसाद भारत के प्रथम राष्ट्रपति थे। राजेन्द्र प्रसाद भारतीय स्वाधीनता आंदोलन के प्रमुख नेताओं में से थे एवं भारतीय राष्ट्रीय कांग्रेस के अध्यक्ष के रूप में एक प्रमुख भूमिका निभाई थी। उन्होंने भारतीय संविधान के निर्माण में भी अपना प्रमुख योगदान दिया था।

थे बिहार के प्यारे नेता बाबू राजेन्द्रप्रसाद
रौलेट एक्ट न मानेंगे, ये खड़े हुए बनकर फौलाद
पटियाला के ऊधम सिंह की बड़ी अजब कुर्बानी है
जिसके नाम से जलियांवाले बाग की बंधी कहानी है
सभा लगी थी विद्रोहियों की बाग में बैसाखी के दिन
कर दिया फायर डायर ने और मारे देश भगत गिनगिन
माताओं के कितने ही बेटे मौत के घाट उतार दिए
कितने दीपक बुझा दिए कितने सिन्दूर उजाड़ दिए
खाई कसम ऊधम सिंह ने हत्या का बदला लूंगा
मौका मिलते ही डायर को मौत की नींद सुला दूंगा
ढूंढते-ढूंढते डायर को आखिर वह लन्दन आ ही गया
बीस बरस के बाद भी वो गोली से उसे उड़ा ही गया
पकड़ा गया तो नाम बताया राम मोहम्मद सिंह आजाद
जिस दिन फांसी हई पुकारा देश ऊधमसिंह जिन्दाबाद
ऊधमसिंह जिन्दाबाद...
भगतसिंह की माता ने नारी का किया था ऊंचा भाल
देश की खातिर हंसते हुए कुर्बान कर दिया अपना लाल
जन्मे जहां पर वीर भगतसिंह अमर हुआ बंगा ग्राम
सन 1907 सितम्बर भूलेगा न हिन्दुस्तान
होके जवां भगतसिंह ने छेड़ा क्रांति का आन्दोलन
जगह-जगह से जमा हुए, आजादी के अनमोल रतन
उठा शेर पंजाब का लाला लाजपतराय जिसका नाम
वापस जाओ वापस जाओ साइमन मिशन तुम्हारा है नाकाम

"इंकलाब ज़िन्दाबाद !! "

सेन्डर्स और स्कॉट, दोनों टूट पड़े लालाजी पर
सर पर लाठी पड़ने लगी और बहने लगा लहू सरसर
लालाजी की कुर्बानी से भगतसिंह का क्रोध चढ़ा
ठान ली मन में लेके रहूंगा इस अपमान का मैं बदला
राजगुरु, सुखदेव, चन्द्रशेखर और जयगोपाल के साथ
माल रोड पे पहुंचे सेन्डर्स डीएसपी चढ़के मोटर साइकिल पर
माल रोड से चला जा रहा था मस्ती में अपने घर
भगतसिंह ने सरेआम गोली का निशाना बना दिया
लालाजी के खून का बदला खून से उसने चुका दिया
फिर भारत को जगाने और सच्ची आवाज सुनाने को
एसेम्बली में बम फेंका, गोरी सरकार हिलाने को
इंकलाब जिन्दाबाद, इंकलाब जिन्दाबाद
आखिर चले भगतसिंह जिस दिन पहिन के फांसी का चोला
गाता चला संग उनके राजगुरु, सुखदेव का भी टोला

सरदार भगत सिंह भारत के एक प्रमुख स्वतंत्रता सेनानी थे। इन्होंने केन्द्रीय असेम्बली की बैठक में बम फेंककर भी भागने से मना कर दिया। जिसके फलस्वरूप भगत सिंह को 23 मार्च 1931) को इनके साथियों के साथ फांसी पर लटका दिया गया।

रामप्रसाद बिस्मिल ने लिखा है कि श्री अशफाक उल्ला खां पहिले मुसलमान हैं, जिन्हें षड्यन्त्र के मामले में फांसी हुई है। बीस पच्चीस वर्ष के इतिहास में, जब से राजनैतिक षड्यन्त्रों की चर्चा सुनने में आई, अनेक आत्मायें फांसी और गोली का शिकार बना दी गयी। परन्तु आज तक किसी मुसलमान को यह शिकार बनते हुए नहीं सुना गया।

मेरा रंग दे बसंती चोला...

क्रांतिकारी अशफाक उल्ला बिस्मिल का था दाहिना हाथ
काकोरी के काण्ड में इसने भी बिस्मिल का दिया था साथ
पढ़ी नमाज और रोजा रक्खा दिन था जिस दिन फांसी का
मौत से मिलने चला ये वीर, मतवाला आजादी का
कोई आरजू नहीं है, है आरजू तो है ये
रख दे कोई जरा सी खाके वतन कफन में
पन्द्रह साल की आयु में ही, चन्द्रशेखर आजाद ने
नंगी पीठ पर बेंते खाईं असहयोग आन्दोलन में
हुए बड़े तो क्रांतिकारियों के ये सेनापति बने
क्या काकोरी क्या लाहौर हर रण के महारथी बने
बरसों इनकों ढूंढा आखिर एक दिन पुलिस की एक टोली
इनका ठिकाना पा ही गई और बरसा दी इन पर गोली
एलफ्रेड पार्क में युद्ध हुआ इलाहाबाद की धरती पे

एक-एक कर भून दिए कितने ही सिपाही गोली से
जीते जी न पकड़ सकी जिसको ये अंग्रेजी सरकार
चन्द्रशेखर आजाद था वो माने जिसको सारा संसार
अन्तिम गोली पास बची तो अपना प्रण उसे आया याद
जीते जी आजाद रहा हूं मरूंगा भी तो मैं आजाद
चला दी वन्दे मातरम् कहकर खुद पर ही अन्तिम गोली
भारत मां के लाल ने खेली अपने खून से खुद होली
यही तो मर के जीना है, वतन पे मरने वालो
सम्हालो ऐ वतन वालो, वतन अपना सम्हालो

पण्डित चन्द्रशेखर आजाद भारतीय स्वतंत्रता संग्राम के अत्यंत सम्मानित और लोकप्रिय क्रांतिकारी स्वतंत्रता सेनानी थे। वे भगत सिंह, पण्डित रामप्रसाद बिस्मिल सरीखे महान क्रांतिकारियों के अन्यंतम साथियों में से थे।

रचनाकार

दिलीप कुमार तेतरबे

दिलीप कुमार तेतरबे एक प्रतिष्ठित पत्रकार एवं साहित्यकार हैं। रांची, झारखंड में जन्मे तेतरबे कार्टूनिस्ट भी हैं। आपने कई पुस्तकें लिखी हैं।

आओ सुनो सुनाते हैं हम बिरसा की तुम्हें अमर कहानी

आओ सुनो सुनाते हैं हम, बिरसा की तुम्हें अमर कहानी
जिसे सुन गौरव से मस्तक, ऊंचा करता हर हिन्दुस्तानी
सन अट्ठारह सौ पचहतर पंद्रह नवम्बर दिवस था पावन
चलक गांव, किरणों का मेला, मौसम था बड़ा मनभावन
डालों पर थी चिड़िया गाती राग अलापे नदी का पानी
आओ, सुनो सुनाते...

नानी के घर जनमा बिरसा, सूरज सा वह स्वाभिमानी
हर्षित था पिता सुगना मुंडा, पाकर पुत्र बड़ा वरदानी
अपने गांव उलिहातू आ, बिरसा ने सबका मन हर्षाया
अपने ईश्वरीय तेज से, बालक ने मम गृह जन्म पाया
घर आंगन में बिरसा बहाए, नित्य हवा सलिल सुहानी
आओ, सुनो सुनाते हैं हम...

बड़ा निडर था बालक बिरसा, तीर चलाता था ऐसा
नहीं चूकता कभी निशाना, लगता था अर्जुन जैसा
हाथ उसके बांसुरी होती, तान सुरीली तब लहराती
सबके चंचल पैर थिरकते, धुन आत्मा में रम जाती
कोयल गाती, मोर नाचते, बैयां कहें बात पुरानी
आओ, सुनो सुनाते हैं हम...

भोग रहा था देश गुलामी, शासन था बर्बर ब्रितानी
तब छाये नगर डगर में, शोषण, दमन और शैतानी
घर घर में थी भूख-गरीबी, कदम कदम पर बेईमानी
गांव नगर की देख दुर्दशा दुखित बिरसा स्वाभिमानी
राष्ट्रहित की चिंता में डूब, छोड़ी बचपन की नादानी
आओ, सुनो सुनाते हैं हम...

राह चलते बालक बिरसा से, एक अंगरेज ने पूछा ऐसे
अरे ओ काला लड़का यह रास्ता जाता किधर और कैसे
सुन कर अभिमान भरी वाणी, उबला बिरसा स्वाभिमानी
रंगभेद की नीति वाले, इज्जत से बात कर ब्रितानी
सत्ता मद चूर हो, भूले इतिहास परिवर्तन की कहानी
आओ, सुनो सुनाते हैं हम...

सूरज लंदन का डूबेगा, कुछ ही वर्षों में बतला दूंगा
देश हमारा नहीं छोड़ा तो, उग्र आंदोलन चला दूंगा

सुगना मुंडा और करमी हातू के पुत्र बिरसा मुंडा का जन्म 15 नवंबर 1875 को झारखंड प्रदेश में राँची के उलीहातू गाँव में हुआ था। साल्गा गाँव में प्रांभिक पढाई के बाद वे चाईबासा इंग्लिश मिडिल स्कूल में पढने आये।

एक परिचय

बिरसा

बिरसा मुंडा का मन हमेशा अपने समाज की ब्रिटिश शासकों द्वारा की गयी बुरी दशा पर सोचता रहता था। उन्होंने मुंडा लोगों को अंग्रेजों से मुक्ति पाने के लिये अपना नेतृत्व प्रदान किया।

कांप उठी थी दसों दिशाएं लन्दन कैसे लौटें ब्रितानी
गूंजी जब बिरसा-वाणी, याद आई थी उनको नानी
नहीं चलेगी तानाशाही, जाग उठे हैं आर्य स्वाभिमानी
आओ, सुनो सुनाते हैं हम...

सन अट्ठारह सौ नब्बे में, ब्रितानी हो उठे बड़े क्रूर
वे कसते जा रहे थे, काले कानूनों के फंदे भरपूर
बोझ करों का रोज बढ़ाते सत्ता मद में होकर अंधे
सूई भी लंदन से आती थी, चौपट हुए गांव के धंधे
वन-पर्वत पर पहरे डाले थे करते नित नई मनमानी
आओ, सुनो सुनाते हैं हम...

मन में सोचा बिरसा ने हाय! यह कैसी करुण कहानी
गांव-गांव में आतंक पसरा, घर-घर में मरी हो जैसे नानी
हर क्षण मेरा मन रोता है, अब न सहूंगा यह मनमानी।
जाकर राम मंदिर चुटिया में वीर बिरसा ने मन में ठानी
तोडूंगा जंजीर पुरानी, खत्म करूंगा यह क्रूर राज ब्रितानी
आओ, सुनो सुनाते हैं हम...

सबको होगा मुझे जगाना, गाऊंगा मैं अब नया तराना
विश्वास मुझे है, मिट जाएगा गुलामी का रोग पुराना
सिर बांध कफन निकला, अग्नपथ पर बिरसा बलिदानी
तीर-धनुष थे हाथों में, होंठों पर वाणी थी स्वाभिमानी

अंत हीन इनकी शैतानी, अब न सहो यह राज ब्रितानी
आओ, सुनो सुनाते हैं हम...

जगन्नाथपुर में लगा था मुंडा के माथे पर रक्तिम टीका
गुलामी का दंश पड़ने लगा था, देशभर में फीका-फीका
गरज उठी उसकी वाणी, अब अंगरेजों को जाना होगा
तीर, धनुष, तलवार संहालो देश से दुश्मन भगाना होगा
धधक उठी क्रांति की ज्वाला भय से कांप उठे ब्रितानी।
आओ, सुनो सुनाते हैं हम...

थी जन-मन में जोश जगाती बिरसा के संघर्ष की वाणी
छप्परों से निकले किसान, महलों से निकले राजा-राणी
बाहें सबकी फड़क रही थीं बिजली मन कड़क रही थी
अपनी आजादी पाने की इच्छा, सबके मन रड़क रही थी
तलवार उठा युवा बोले, तू नायक है हम हैं सेनानी
आओ, सुनो सुनाते हैं हम...

बिरसा मुंडा बना सेनानी, उसके सैनिक थे तूफानी
तीर, धनुष, तलवार चमकाते क्रांति पर लुटाते जवानी
गाते, धरती का भगवान, साथी बिरसा अपना प्राण
भयकंपित शासक ब्रितानी, बना हमारा सपना त्राण
बिरसा की वाणी जन तो क्या खग-मृग ने भी पहचानी
आओ, सुनो सुनाते हैं हम...

1894 में मानसून के छोटा नागपुर में असफल होने के कारण भयंकर अकाल और महामारी फैली हुई थी। बिरसा ने पूरे मनोयोग से अपने लोगों की सेवा की। 1 अक्टूबर 1894 को नौजवान नेता के रूप में सभी मुंडाओं को एकत्र कर इन्होंने अंग्रेजों से लगान माफी के लिये आंदोलन किया।

एक परिचय

बिरसा

1895 में बिरसा मुंडा को गिरफ्तार कर लिया गया और हजारीबाग केन्द्रीय कारागार में दो साल के कारावास की सजा दी गयी। लेकिन बिरसा और उसके शिष्यों ने क्षेत्र की अकाल पीड़ित जनता की सहायता करने की ठान रखी थी और अपने जीवन काल में ही एक महापुरुष का दर्जा पाया।

क्रांतिकारी प्रणबद्ध हुए-साथी हम सब देंगे कुर्बानी
अपना झंडा नहीं झुकेगा मौत मिले या काला पानी
अंगरेजों को कर नहीं देंगे, हक छीने कानून ब्रितानी
विदेशी शासन थर्रायेगा, जब कदम बढ़ेंगे तूफानी
रक्त की नदियां बहाकर तुम, जीवन जीओ नूरानी
आओ, सुनो सुनाते हैं हम...

तो याद रखो मेरी वाणी, जहां तलवारें चूक जाती
कलम वहां है ध्वज लहराती, नूतन फिर इतिहास रचाती
नया जमाना है अब आया, नयी हवा में ढलना होगा
गांव का धन गांव में रहे, इसी नीति चलना होगा
सदियों पुराने अपने गांवों में, नई बातें हैं तुम्हें सिखानी
आओ, सुनो सुनाते हैं हम...

ज्ञान का दीप जलाना होगा, काम बड़ा है मुश्किल साथी
कदम मिलाकर बढ़ना होगा, चींटी से परास्त करना हाथी
कुरीतियों से होगा लड़ना, नए युग की ओर है मुड़ना
प्रेमभाव का दीप जलाकर, आपस में अब होगा जुड़ना
द्वेषभाव को दूर भगाकर, होगी मन की भ्रांति मिटानी
आओ, सुनो सुनाते हैं हम...

बिरसा ने सबको चेताया, नशे की लत है बहुत बुरी
बिकते गहने, पिटती नारी, कामनाएं रह जाती अधूरी

नशे को अब तजना होगा, राष्ट्रगीत ही भजना होगा
बुराइयों के उन्मूलन में अब, हम सबको लगना होगा
गांठ बांध लो अब साथी, नशा करना है नादानी
आओ, सुनो सुनाते हैं हम...

धनुष टंकार कर गरजा, बढ़ी बिरसा की मुक्तिवाहिनी
नया क्षितिज, अनजान दिशा में, बढ़ चले थे बलिदानी
धूर्त बड़े थे गोरे ब्रितानी, विषैले बीज फूट के डाले
पर बिरसा के सेनानी भी, थे बड़े ही मन के मतवाले
उनसे लोहा लेना था, कायम की अपनी एकता चट्टानी
आओ, सुनो सुनाते हैं हम...

सन अट्ठारह सौ पंचानवे, थे क्रोध से उबले ब्रितानी
कूटनीति के जाल फैला, दमन चक्र थी उन्हें चलानी
क्रांति-ध्वज फिर भी लहराये उफन रहे थे बलिदानी
धधक रही थी क्रांति ज्वाला पिघल रहा था आंग्ल बर्फानी
भयभीत थे सारे गोरे, टपका पसीना हो गए पानी-पानी
आओ, सुनो सुनाते हैं हम...

सिपाहियों पर गरज पड़ा था मेयर्स पुलिस अधिकारी
हम पर है नित हमला जारी, कहां छिपा है क्रांतिकारी
ढूंढो बिरसा विद्रोही को, बुझा दो अब यह चिनगारी
सीने पर दागो उसके गोली, चुनौती बना यह हमारी

बिरसा को लोग धरती बाबा के नाम से पुकारते थे और वह देवों की तरह पूजा जाता था। 1897 से 1900 के बीच मुंडाओं और अंग्रेज सिपाहियों के बीच युद्ध होते रहे और बिरसा और उसके चाहने वाले लोगों ने अंग्रेजों की नाक में दम कर रखा था। बिरसा ने अपनी अंतिम साँसें 9 जून 1900 को राँची कारागर मे ली।

साम दाम दंड भेद से, खत्म कर डालो विद्रोह की निशानी
आओ, सुनो सुनाते हैं हम...

ढूंढ के हारे सभी सिपाही, मिली न बिरसा की निशानी
कुटिल मेयर्स समझ गया था, जंगल की खाक फिर छानी
चीता सा है फुर्तीला बिरसा है अपने में आंधी बिरसा है
थी मेयर्स में घोर निराशा, चिंतित था चले कौन सा पासा
बहुत सोचा और विचारा, छल करने की फिर उसने ठानी
आओ, सुनो सुनाते हैं हम...

लेकर छल-कपट का सहारा, वन में बिरसा को जा घेरा
बंदी बना जन-जन का प्यारा, थम गया तब तम से सवेरा
नाममात्र का चला मुकदमा, जेल में उसको डाला था
दो साल जेल में उसका, आततायियों से पड़ा पाला था
क्रांति मशाल फिर जल उठी, हवा गर्म पर बड़ी सुहानी
आओ, सुनो सुनाते हैं हम...

स्ट्रीटफील्ड फिर पड़ गया पीछे जंगल जंगल उसने छाना
बेकार गयी उसकी छापामारी व्यर्थ गया जाल बिछाना
छल नीति उसने अपनाकर, घर का भेदी ढूंढ लिया था
काले धन की कमाई का, थैला उसे थमा दिया था
नौ जून, सन उन्नीस सौ को विदा ले गया बलिदानी।
आओ, सुनो सुनाते हैं हम...

●●●